AF189156

Alles ist gut.

Sechzehn sehr kurze Geschichten, in denen nichts gut ist.

Von Diego Bernardini

Bibliografische Information der Deutschen National-bibliothek:

Die Deutsche Nationalbibliothek verzeichnet diese Publikation in der Deutschen Nationalbibliografie; detaillierte bibliografische Daten sind im Internet über http://dnb.dnb.de abrufbar.

Herstellung und Verlag: BoD – Books on Demand, Norderstedt

ISBN: 978-3744892315

Inhaltsverzeichnis

Wo bist du?

Du stehst weinend am Strassenrand und suchst verzweifelt nach Hilfe – unfähig zu handeln, erstarre ich in Ratlosigkeit. In Gedanken umarme ich dich. Aber du hast dich abgewendet, und mit deinen Tränen fällt unsere Vergangenheit zu Boden. Der Schmerz drückt auf die Brust – das Atmen fällt schwer. Ich versuche, auf dich zuzugehen, doch mit jedem Schritt entferne ich mich weiter. Aus der Distanz schauen wir einander an. Die Hoffnung, die in der Ungewissheit lag, zersplittert am Wissen des Augenblicks.

Auch Gott kann uns nun nicht mehr helfen.

Ehre die Deinen

Mittwochs – wenn du von deinem Freundeabend nach Hause kommst – schleichst du dich an meine Zimmertür. Sie ist immer einen Spalt offen. Nicht für dich. Aber das ist dir egal. Du drückst die Tür leicht auf, gerade so, dass du ins Zimmer huschen kannst. Immer bist du dir sicher, dass ich dich nicht höre. Dass ich dich nicht erwarte. Dass ich schon schlafe. Dass ich … auf dich warte? Du bleibst im Raum neben der Tür stehen und schiebst sie mit ruhiger Hand zu. Die kleinen hellen Punkte an der Decke erinnern an den Sternenhimmel, das vorbeifahrende Auto kegelt sein Licht durch das Zimmer, gebrochen durch die Jalousien zeichnen sich Muster im Zimmer – zuerst gleiten sie langsam über den Arbeitstisch zum Büchergestell, um dann über die Decke zu rasen und im Nichts der Nacht zu entschwinden. Nur die hellen Punkte sind wieder da. Sie zeichnen Kreise an der Decke. Ich stelle mich schlafend. Leise gehst du zum Fenster und verharrst minutenlang regungslos, mit den Händen in den Hosentaschen. Ich bete, du mögest gehen. Aber du drehst dich zu mir und kommst auf das Bett zu. Dann legst du dich neben mich und beobachtest wieder die hellen Punkte an der Decke. Stoisch drehen sie ihre Kreise. Nur das Morgengrauen wird sie endgültig besiegen und tagsüber als Erinnerung an die Nacht zurücklassen. Die Lampe knipse ich nie aus. Du hast sie mir geschenkt, als ich noch klein war. Doch nun, wie du mir mittwochs immer sagst, bin ich ein grosses Mädchen. Ich höre meinen Namen; ich reagiere nicht. Dein Atem aber zersägt die Stille des Raumes. Du nimmst meine Hand. «Komm», sagst du, «du weisst doch, wie es mir gefällt.»

Die Stille

Es regnet draussen. Durch das offene Fenster lausche ich den auf den Asphalt prasselnden Tropfen. Mit einer einfachen Handgeste fragt mich die Serviertochter, ob sie das Fenster schliessen solle. Ich verneine lächelnd und atme tief ein. Der hereinströmende Frühlingsduft weckt Erinnerungen. Lange Jahre haben wir uns nicht gesehen. Du trinkst – wie könnte es anders sein – stilles Wasser. Weil dir die Kohlensäure sauer aufstösst, wie du seit jeher unaufgefordert zu erklären pflegst.

Ich nehme das Wasserglas zur Hand und schleudere es dir mit voller Wucht ins Gesicht. Es zersplittert in tausend Scherben. Einige Splitter fallen klirrend zu Boden, andere verfangen sich in deinen fädigen Haaren oder bleiben auf deinem grünblauen Pullover wie angeklebt hängen, wieder andere bohren sich in dein Gesicht und zerschneiden die alternde Haut. Aber du blutest nur aus der Nase.

Der Arzt wird dir keine Verletzung des Riechepithels diagnostizieren – dennoch wirst du von nun an nichts mehr schmecken oder riechen. Der Schock wird deinem Leben die Gerüche nehmen: Kein Essen wird dir je wieder munden, kein Rosenduft deine Seele beglücken. Auch bei mir können die Ärzte bis heute nicht erkennen, was meine Krankheit erklären würde. Nur du weisst es. Aber du schweigst dein Wissen in dich hinein und lässt mich alleine zurück.

Der Regen hat aufgehört – draussen ist es still.

Du bist es

Bevor du einschläfst, hauche ich dir einen Kuss auf die Stirn.

Dein Denken taucht ins Unbewusste ein – es wird umspült von nicht greifbaren Gedanken, von Wünschen und Träumen der Zukunft, von Bildern und Gefühlen des Alltags. Du atmest ruhig und schläfst ein. Dabei drehst du dich zur Seite und ziehst die Knie an. Minutenlang bleibe ich liegen und lausche deinem Atem. Meine Augen haben sich an die Dunkelheit gewöhnt, aber es ist nichts zu erkennen. Die Nacht verschluckt den Raum. Es ist still – nur dein Atem ist zu hören. Meine Gedanken verknoten sich zu einem Wirrwarr aus Angst und Verzweiflung. Adrenalin schiesst durch den Magen. Umarmen möchte ich dich, doch ich kann mich nicht bewegen. Dein Atem ist nicht mehr zu hören. Die Stille legt sich wie eine Decke über mein Gesicht. Du stirbst – und ich kann nichts tun.

Schweissgebadet wache ich auf; du streichelst mir voller Sorge über die Stirn. «Es war ein Traum», flüsterst du, «nur ein Traum». Kurz bevor ich wieder einschlafe, hauchst du mir einen Kuss auf die Stirn.

Ich drehe mich zur Seite und ziehe die Knie an.

Die Nacht

Die steinerne Bank, auf der du sitzt, ist trotz der sengenden Hitze kühl geblieben. Mit Interesse beobachtest du Ameisen, die auf dem Kieselboden wenig neben dir eine Strasse bilden. Kein Stau, denkst du – und fragst dich, ob die Stauforscher von den kleinen Hautflüglern lernen. Auf dem Spielplatz tollen Kinder, dennoch ist es erstaunlich ruhig. Nur gelegentlich ist Gelächter zu hören. Meistens wenn etwas nicht so ist, wie es sein sollte, lachen sie. Kinder misstrauen dem Geplanten und erfreuen sich an dem Unerwarteten – das Lachen ist ein Ausdruck ihrer Neugierde dem Leben gegenüber. Das ist dir schon vor Jahren abhandengekommen. Du bist froh, wenn sich nichts Neues einstellt und der Tag seinen geordneten Lauf nimmt. Mit dem Fuss scharrst du ein wenig im Boden herum und türmst seitlich um die Schuhe die Kieselsteine auf. Die Ameisen verwirrt das nicht.

Du hast sie nicht kommen sehen, aber nun steht sie vor dir. Ihr schaut einander kurz in die Augen, dann wendest du den Blick von ihr ab. Am Boden folgst du einer Ameise, die ein viel zu grosses Blatt zu ziehen versucht – keine andere Ameise hilft. Das Mädchen kommt einen kleinen Schritt auf dich zu. Du spürst ihren Atem, sie fordert dein Interesse. Angespannt erwiderst du ihren Blick und bemerkst dabei, wie sie mit ihren kleinen Händen an den Latzhosen zupft. Eine Träne fällt zu Boden.

«Bitte hilf mir», flüstert sie.

Nichts tut sich

Das Licht ist gedämpft, wie auch die Geräusche. Ich beobachte, wie sich seine Brust beim Einatmen leicht hebt. Vielleicht aber stelle ich mir das auch nur vor, um mir eine Normalität vorzutäuschen, die der Raum nicht hat. Aus dem Nebenzimmer und dem Gang sind Stimmen zu hören, auch Gelächter mischt sich in die Geräuschkulisse und lässt mich kurz aufhorchen. Ich schliesse die Augen.

Er hat nicht gebremst, haben sie erklärt, da waren keine Bremsspuren seines Motorrades zu sehen.

Monoton saugt das Beatmungsgerät Luft ein. Ich berühre seine Hand; sein Herz will nicht aufhören zu leben. Es pumpt Blut durch den Körper, doch es erreicht sein Gehirn nicht mehr. Eine schwarze Nulllinie hat das Elektroenzephalogramm auf dem lichtgrünen Bildschirm angezeigt: kein Ausschlag, kein Zeichen von Aktivität.

Der papierne Ausdruck liegt auf meinen Knien. Immer wieder versuche ich, den streckengeraden Linien einen Ausschlag zu entlocken, immer wieder schaue ich auf seine Brust, immer wieder halte ich seine beständig warme Hand, immer wieder erinnere ich mich an das Telefonat – und wie du geweint hast.

Es geht weiter

Der hölzerne Drehhocker ist nicht bequem, aber vielleicht liegt es auch an deiner Nervosität. Du hast die Hände zwischen Hocker und Oberschenkel eingeklemmt, derart, dass die Handflächen auf dem noch kühlen Holz liegen. Als er dich gefragt hat, ob du die Jacke an der Garderobe aufhängen möchtest, hast du mit einer einfachen Kopfbewegung schweigend verneint. Dann hast du dich hingesetzt. Mit den Fingerbeeren drückst du seltsam routiniert – kleiner Finger, Ringfinger, Mittelfinger, Zeigefinger, Daumen – abwechselnd auf das Holz.

Es kommt dir wie eine Ewigkeit vor; in Wirklichkeit aber vergehen nur wenige Sekunden, bis seine Stimme die Stille durchbricht. Ob es dir gut gehe, fragt er – und nimmt dabei den Blick kurz vom Bildschirm. Du nickst. Er lächelt und dreht bedachtsam den Monitor zu dir.

Du erinnerst dich, wie vor zehn Tagen eine weitere Untersuchung angeordnet wurde und wie du – nach dem Gespräch mit dem Arzt – das kleine Faltblatt mit den Erklärungen in die Hosentasche gesteckt hast.

Die gestrige Untersuchung war zwar nicht schmerzhaft, aber wegen deiner Raumangst unerträglich anstrengend. Das Beruhigungsmittel, welches du ein paar Minuten zuvor unter der Zunge schmelzen liessest, hatte dir das Unbehagen nicht genommen.

Beide schaut ihr still auf den grün schimmernden Computermonitor. Er senkt die Augen und studiert die Einschätzung des Spezialisten. Mit einem leisen Räuspern blättert er zur zweiten Seite – dabei treffen sich eure Blicke.

Nichts wird mehr so sein, wie es war.

Die Linie

Ob die Schmerzmedikamente schon wirken, weiss ich nicht. Draussen hat der Herbst die Wälder tiefrot eingefärbt; der Schnee wird nicht mehr lange auf sich warten lassen. Man kann ihn riechen, den Schnee. Er wird Ruhe ins Land bringen. Gedankenleer löse ich die Rasierklinge aus der kleinen Kunststoffverpackung. Der Hohlschliff der Schneidefläche ist gut zu erkennen. Konkav, denke ich, die Hohlschliffverarbeitung erzielt besonders scharfe Schnitte.

Warum sie auf die Strasse gerannt war, ist unklar. Ich hatte gebremst, aber es war zu spät. Kurz vor der Kollision kreuzten sich unsere Blicke; beide wussten wir, dass dies nicht gut enden würde.

Sie starb noch am Unfallort, wenige Minuten bevor der Notarzt eintraf. Nur der dumpfe Aufprall lebt in meinem Kopf weiter – er gibt keine Ruhe: Kurz vor dem Einschlafen, wenn sich die Seele hingeben will, erbricht sich der Unfall über mein Bewusstsein.

Die Sehnsucht nach Ruhe ist allgegenwärtig.

Dann nehme ich die Rasierklinge zur Hand und schaue aus dem Fenster zum Wald hinüber. Schlafen, so mein letzter Gedanke, endlich schlafen.

Ein Augenblick

Die Serviertochter lächelt süss, als du deine Bestellung – einen weissen Tee – aufgibst. Während sie zur Theke zurückgeht, erhaschst du für einen kurzen Augenblick ihren Hintern in den engen Jeans. Gesegnete Jugend, schwirrt es dir durch den Kopf.

Die Getränkekarte liegt noch offen vor dir; du nimmst sie zur Hand und blätterst zurück zur ersten Seite. Viele andere Getränke hättest du bestellen können – ganz abgesehen von den verschiedenen Tees, wären auch unterschiedliche Zubereitungsarten von Kaffee zu haben gewesen oder ein gewöhnliches Mineralwasser. Wie dein Leben, denkst du, es hätte vieles anders sein können, hättest du dich in verschiedenen Situationen anders entschieden.

Den quadratischen weissen Notizzettel hatte sie dir neben den Teekocher hingelegt. Schon als du die Wohnungstür aufgeschlossen hattest, war dir bewusst, dass dich niemand begrüssen würde. Es roch nach Leere. «Ich kann dir nicht verzeihen», war in blauer Tintenschrift auf dem Zettel zu lesen. Sie muss gezittert haben, als sie die Worte niederschrieb.

«Lassen Sie den Tee noch wenige Minuten ziehen», durchbricht die Serviertochter die Stille und stellt die

Tasse neben der Getränkekarte ab. Kurz blickst du zu ihr hoch.

Du hättest ihr die Wahrheit sagen sollen.

Sanft

Ich ziehe die Decke bis fast unter die Nase hoch. Ein Auto fährt draussen vorbei, der Lichtkegel erhellt kurz mit eigenartigem Muster das Schlafzimmer. Danach wird's dunkel; ich drehe mich zur Seite und ziehe die Beine an, die Hände zwischen den Knien.

Er schläft unruhig. Er riecht nach Zigarettenrauch; seine Haut dunstet. Ich stelle mir vor, wie er den Abend mit Freunden und Bier verbracht hat, wie er über die Welt geflucht und sein Land verdammt, wie er über Geschichten gelacht und dabei aber seinen bitteren Blick nicht verloren hat. Schuldgefühle brodeln in mir hoch – sie zersetzen meine Wut und meine Verzweiflung.

Wie ich heute früh aufgestanden bin, wie ich den Kindern das Frühstück gemacht habe, wie ich im Badzimmer vor dem Spiegel gestanden und mich nicht erkannt habe, wie ich bei den Herren die Wohnung geputzt habe und wie ich am Mittag für kurze vierzig Minuten nach Hause gehetzt bin, um kurz was aufzuwärmen für den Kleinen, wie ich dann ins Altersheim geeilt bin, um dort weiterzuputzen, und wie ich abends etwas aufgewärmt habe, um wieder durch seine Abwesenheit enttäuscht zu werden, wie er spät nach Hause gekommen ist und rumgebrüllt hat, weil schon wieder das Geld nicht reichen werde – so hämmert sich der Tag durch meinen Kopf. Eine Träne läuft meine Wange herunter. Mit dem Mittelfinger fange ich sie auf und streiche sie sanft über die Oberlippe.

Sie schmeckt salzig.

Einsamkeit

Der Spiegel verzeiht nichts: Du siehst einen alten Mann, an dessen Leben du dich nicht erinnern willst. Die Altersflecke an Händen und Unterarmen gemahnen an die langen Tage auf den Baustellen – die Sonne hat über die Jahre die Haut dünn gemacht und unmerklich fein gefaltet.

Während du mit der Handfläche durch den kaum einen Millimeter langen Bartwuchs streichelst, lehnst du dich am Waschbecken an.

Dich zu rasieren, ist eine Qual: Allein zu sein, die Erinnerungen über all die Dinge aushalten zu müssen, die nicht hätten sein sollen, doch dein Leben gezeichnet und Falten in dein Gesicht gemeisselt haben; nachzudenken, was du hättest anders machen sollen, lässt dich verzweifeln. Dein Blick ist leer, du siehst keine Tiefe in den Pupillen, kein Meer, das sich dahinter ausbreitet, kein Lächeln; du schliesst die Augen und lässt ewige Sekunden der Schmerzen vergehen: Sanft legt sie ihre Hand auf deine Schulter und lehnt sich an dich.

Tränen befeuchten deine Augen – aber da ist niemand. Niemand, der dich erlösen könnte.

Auslöschen

Kein Wind kräuselt das Wasser des Flusses. Nur an manchen Stellen – dort, wo der Grund tiefer ist oder ein Hindernis liegt – zeigen sich mit leichtem Schaum und Luftblasen Wasserwirbel. Ich vergrabe meine Hände im Sand. Dass dieser von der Nacht noch feucht war, habe ich erst bemerkt, als ich mich auf dem Boden niedergelassen hatte. Ich will mich erinnern, und ich versuche, mich an Details zu klammern, Schubladen im Kopf aufzuziehen, Bilder aus Gedanken zu meisseln, Gerüche ins Gedächtnis zu holen ...

Aber es geht nicht – zu lange schon bist du weg. Der Fluss nimmt die letzten Erinnerungsfetzen mit. Nur das Gefühl, dich für immer verloren zu haben, bleibt zurück.

Mit leerem Blick schaue ich zum Himmel.

Es endet hier

Das ist nicht der Beginn deiner Geschichte.

Schon seit Wochen – oder gar Monaten – quälst du dich mit dem Gedanken, deine Geschichte zu lesen. Doch deine Gefühle lassen dich erstarren, du hast Angst, die ersten Zeilen zu lesen, weil du weisst, wie die Schuld vergangener Tage dich mit jeder Zeile erdrücken wird. Gleichwohl nimmst du das Buch zur Hand und beginnst zu lesen, und du hast auch weitergelesen, als dir bewusst wurde, wie viel Leid du angerichtet hast. «Die Hölle», denkst du.

Aber auch der Teufel wird von dir nichts wissen wollen.

Du bist zurückgeblieben

Kaum hörbar fällt die Eingangstür zum Haus ins Schloss. Du hältst inne und legst die Gabel neben den Teller. Unbewusst blickst du zum leeren Stuhl am Esstisch.

Wenig später wäre sie hereingekommen, hätte dich mit einem Kuss auf der Stirn begrüsst und sich – wie sie es immer tat – mit der Jacke an den Tisch gesetzt.

Erst Minuten später, wenn sie bereits zu essen begonnen hatte, zog sie sich jeweils die Jacke aus und legte sie lässig über die Stuhllehne, zupfte ihr geliebtes langärmliges Shirt zurecht, lächelte kurz – und ass weiter, ohne weitere Worte zu wechseln. Dass sie unter der Jeans Trainerhosen trug, hast du erst im Spital erfahren. Das sei nicht unüblich, hatte man dir erklärt, sie würden das tun, um nicht zu dünn zu wirken, damit der Jeansstoff straff bliebe und sie sich keinen anstrengenden Fragen oder Blicken aussetzten.

Wie du das alles hast übersehen können, quältest du dich. «Im Verheimlichen», hatte dir die Ärztin in der Notaufnahme erklärt, «sind sie verdammt gut.»

Tage später fragte sie dich, ob sie wieder gesund würde, und entschuldigte sich gleichzeitig für das ganze Leid. Zärtlich hast du ihr den Kopf gestreichelt und dabei still auf den Monitor neben dem Spitalbett geschaut.

Du hast es nicht geschafft, ihr die Wahrheit zu sagen.

Das Töten

Ich lege die Gabel auf das grüngraue Serviertablett zurück und behalte das Messer aus Edelstahl in der Hand. Ruhig bleibe ich sitzen und beobachte den Mann, der sich vor wenigen Minuten an den Nebentisch gesetzt hat. Seine Tochter spielt mit dem Überraschungsei. Sie lacht. Aber die Traurigkeit in ihren Augen spricht Bände. Unsicher öffnet sie die gelbe Kunststoffkapsel. Dabei fallen die säuberlich zusammengefaltete Spielanleitung und die einzelnen Stückchen aus Plastik zu Boden. Sie weint und senkt den Kopf. Der Mann bückt sich, sammelt die kleinen Teile auf und legt sie zurück auf den Tisch. Als er ihren Kopf streicheln will, zuckt sie.

Ich stehe auf.

Nachdem ich dem sitzenden Mann das Messer mittig in den Schädel gerammt habe, bücke ich mich zum Mädchen. «Es ist vorbei», flüstere ich, «du bist frei.»

Ich streichle ihr über den Kopf. Die Traurigkeit verschwindet aus ihren Augen. Nur wenig Blut fliesst über das Gesicht des Toten. Einige stehen auf und applaudieren leise. «Du bist frei», wiederhole ich. Mit gemächlichen Schritten gehe ich hinaus. Die Sonne scheint, und wenige Wolken ziehen gen Osten. Dort-hin, wo die Sonne aufgeht.

Alles ist gut

Es gibt nie nur eine Lösung. Wenn du am Abgrund stehst, geh einen Schritt zurück, geniess für ein paar Minuten den Ausblick, erschaudere beim Gedanken, dass du springen könntest – doch das wirst du nicht. Du wirst umdrehen und einen neuen Weg gehen.

Gib nie auf!